Ensaio sobre o cansaço

Peter Handke

Ensaio sobre o cansaço

Tradução
Simone Homem de Mello

Estação Liberdade

Título original: *Versuch über die Müdigkeit*
© Suhrkamp Verlag Frankfurt am Main, 1989
Todos os direitos reservados e controlados pela Suhrkamp Verlag, Berlim
© Editora Estação Liberdade, 2020, para esta tradução

PREPARAÇÃO Gabriel Joppert
REVISÃO Editora Estação Liberdade
SUPERVISÃO EDITORIAL Letícia Howes
ILUSTRAÇÃO DE CAPA Amina Handke
EDIÇÃO DE ARTE Miguel Simon
EDITOR RESPONSÁVEL Angel Bojadsen

CIP-BRASIL. CATALOGAÇÃO NA PUBLICAÇÃO
SINDICATO NACIONAL DOS EDITORES DE LIVROS, RJ

H211e

Handke, Peter, 1942-
 Ensaio sobre o cansaço / Peter Handke ; tradução Simone Homem de Mello. - 1. ed. - São Paulo : Estação Liberdade, 2020.
 64 p. ; 19 cm.

 Tradução de: Versuch über die müdigkeit
 ISBN 978-65-86068-19-1

 1. Ficção alemã. I. Mello, Simone Homem de. II. Título.

20-66941   CDD: 833
              CDU: 82-3(430)

Meri Gleice Rodrigues de Souza - Bibliotecária - CRB-7/6439
07/10/2020   09/10/2020

Todos os direitos reservados à Editora Estação Liberdade. Nenhuma parte da obra pode ser reproduzida, adaptada, multiplicada ou divulgada de nenhuma forma (em particular por meios de reprografia ou processos digitais) sem autorização expressa da editora, e em virtude da legislação em vigor.

Esta publicação segue as normas do Acordo Ortográfico da Língua Portuguesa, Decreto nº 6.583, de 29 de setembro de 2008.

EDITORA ESTAÇÃO LIBERDADE LTDA.
Rua Dona Elisa, 116 | Barra Funda
01155-030 São Paulo – SP | Tel.: (11) 3660 3180
www.estacaoliberdade.com.br

Καὶ ἀναστὰς ἀπὸ τῆς προσευχῆς ἐλθὼν πρὸς τοὺς μαθητὰς εὗρεν κοιμωμένους αὐτοὺς ἀπὸ τῆς λύπης

Erguendo-se após a oração, veio para junto dos discípulos e encontrou-os adormecidos de tristeza.

(Lucas 22,45)

Antes eu só conhecia cansaços de dar medo.

Antes quando?

Na infância, na chamada época da faculdade e ainda nos anos dos primeiros amores, sim, principalmente então. Durante uma das missas, a criança sentada em meio aos parentes na igreja do vilarejo — densa de gente, clara de ofuscar, ecoando as conhecidas cantigas de Natal, envolta em odores de tecido e cera — foi acometida pelo cansaço com o furor de um sofrimento.

Que tipo de sofrimento?

Assim como doenças se denominam "feias" ou "malignas", esse cansaço era um sofrimento feio e maligno; que consistia em transfigurar, tanto o entorno — os visitantes da igreja em bonecos de feltro e lã; o altar e seus ornamentos reluzentes, àquela distância difusa, em um local de tortura com seus confusos rituais e a linguagem formular dos ministrantes —, e até o próprio doente de cansaço, ele também, numa figura grotesca com cabeça de elefante, tão pesada, com olhos tão secos e pele cheia de excrescências, ele ali privado da matéria do mundo pelo cansaço, nesse caso, privado do mundo de inverno, do ar da neve, da ausência de gente naqueles trajetos de trenó à noite sob as estrelas, por exemplo, enquanto as outras crianças iam desaparecendo aos poucos para dentro de suas casas, mas ele seguia para lá das bordas do vilarejo, assim solitário, entusiástico: inteiramente aqui, no silêncio, em disparada, no azul do caminho que congelava — "está acirrando", dizia-se desse frio aconchegante. Mas lá, dentro da igreja, era uma sensação de frio bem distinta para quem estava cingido pelo cansaço como por uma Virgem de Ferro, e ela, a criança, eu começava a implorar para voltar para casa no meio da missa — o que inicialmente significava apenas "fora daqui!" — e assim acabava estragando (mais uma vez) as horas de convivência de seus parentes com outros moradores da região, já cada vez mais raras naquela época, dado o desaparecimento das tradições.

Por que você está se culpando por isso (mais uma vez)?

Porque o próprio cansaço daquela época já estava ligado a um sentimento de culpa, sendo até mesmo intensificado por este até a dor aguda. Veja, mais uma vez você fracassa na companhia dos outros; e, somando-se a isso, um cinturão de aço nas têmporas, e, somando-se a isso, a evasão de sangue do coração. Décadas depois ainda se repetia a vergonha repentina por aqueles cansaços; estranho apenas o fato de os parentes posteriormente até o terem censurado por certas coisas, mas nunca por isso...

E, com os cansaços da época da faculdade, também era parecido?

Não. Nenhum sentimento de culpa mais. O cansaço nos auditórios, muito pelo contrário, chegava até mesmo a me deixar alterado ou revoltado com o passar das horas. Em regra, era menos o ar viciado e a aglomeração de centenas de estudantes; era mais o não envolvimento dos ministrantes com o assunto, que afinal deveria ser o seu. Jamais, depois disso, vi pessoas tão desalentadas com a sua matéria quanto aqueles docentes e catedráticos da universidade; um bancário qualquer, sim, qualquer um, ao folhear as cédulas que nem são *suas*, qualquer asfaltador de rua no seu espaço de calor entre o sol e o betume pareceria mais animado. Como dignatários empalhados com serragem, cujas vozes em nenhum momento vibravam de espanto com o que discutiam (o espanto do bom professor com o seu objeto), de entusiasmo, de afeição, de ira, de adoração, de indagação, de indignação, de não saber, eles só faziam entoar sua ladainha, segmentando e escandindo — mas nada do tom de peito de um Homero, apenas o da prova antecipada —, no máximo com um subtom de zombaria ou uma alusão pérfida dirigida a iniciados, enquanto através da janela, lá fora, esverdeava e azulava e acabava ficando escuro: até que o cansaço do ouvinte se convertia em má vontade e a má vontade em malquerer. De novo, como na infância, aquele "fora daqui! para longe de todos vocês!". Só que: para onde? Para casa, como antigamente? É que lá, no quarto de aluguel, durante o tempo da faculdade, havia mais uma coisa a se temer, um cansaço novo, diferente, ainda desconhecido na casa dos pais antes: o cansaço dentro de um quarto, na periferia da cidade, sozinho; o "cansaço-a-sós".

Mas o que era de se temer nesse cansaço? Não havia logo ali, além da cadeira e da mesa, uma cama?

Dormir como escapatória estava fora de cogitação: primeiro, aquele tipo de cansaço tinha o efeito de uma paralisia, de dentro da qual, em regra, não era possível sequer dobrar o dedo menor e mal se conseguia mexer os cílios; até a respiração parecia estacar, de modo que a pessoa se sentia,

até o íntimo, congelada numa coluna de cansaço; e quando acontecia de a pessoa conseguir dar um passo até a cama, então, após um breve desmaio de sono sem sensação alguma de ter dormido, bastava rolar uma vez na cama para se despertar insônia adentro, em geral por toda a madrugada, pois o cansaço no quarto só costumava irromper no fim da tarde ou no começo da noite, com o crepúsculo. Sobre a insônia há quem já tenha narrado o suficiente: como ela, por fim, acaba determinando até a imagem que o insone faz do mundo, a ponto de ele, mesmo com toda boa vontade, chegar a encarar a existência só como infortúnio, qualquer agir como desprovido de sentido e todo amor como algo ridículo. E assim o insone fica ali deitado até ir adentrando a luz pálida do amanhecer, que para ele significa maldição — não só a sua própria, no inferno da sua insônia, mas a de toda a malograda humanidade, que deve ter vindo parar — só pode — no planeta errado...
Eu também era do mundo dos insones (e, de quando em quando, ainda o sou hoje). Os primeiros pássaros antes da primavera, ali no breu, como de costume durante a Páscoa; mas agora, com que escárnio estridulavam até a cama daquela cela, "ou-tra-noi-te-sem-dor-mir". O toque dos relógios nas torres da igreja, a cada quinze minutos, até o mais distante deles perfeitamente audível, anunciando

mais uma vez um dia duro. Os rosnados e guinchos de dois gatos que se atarracavam, em plena imobilidade à volta, como algo bestial tornando-se audível e nítido no centro do nosso mundo. Os supostos suspiros ou gritos de desejo de uma mulher, começando de repente em meio a esse mesmo ar parado — como se, bem em cima do crânio do insone, se apertasse o botão de uma máquina de produção em série —, faziam cair todas as nossas máscaras de afeição e traziam à tona um egoísmo em pânico (não é um casal se amando; é, mais uma vez, cada um por si, gritando-se a sós) e a crueldade. Atmosferas episódicas da insônia — aos insones constantes (pelo menos é assim que compreendo suas narrativas), elas podem parecer definitivas por se combinarem numa regularidade.

Mas você, que não é insone crônico: afinal de contas, pretende narrar a imagem de mundo da insônia ou a do cansaço?

Seguindo o caminho natural, passo pela imagem de mundo da insônia para a do cansaço, ou melhor, no plural: pretendo narrar as diferentes imagens de mundo de cansaços diversos. — Algo de dar medo também, antigamente, era o tipo de cansaço que podia advir na companhia de uma mulher. Não, esse cansaço não advinha, ele ocorria, como um processo físico; como cisão. E nunca me atingia sozinho, sempre a mulher também, como se viesse — feito uma mudança repentina de tempo — de fora, da atmosfera, do espaço. Ali estávamos deitados, em pé ou sentados, ainda há pouco indubitavelmente a dois, e de um momento para outro irreversivelmente separados. Um momento desses sempre era de assustar, às vezes até de horrorizar, como um tombo que se sofre: "Espere! Mas não! Não!" Não havia o que ajudasse, porém: ambos já estavam inexoravelmente apartados, cada qual no seu próprio cansaço, que não era nosso, mas meu aqui e seu ali. Pode ser que o cansaço, nesse caso, fosse apenas outro nome para dessensibilização ou estranheza — mas para a pressão que pesava à volta, essa era a palavra adequada. Mesmo se o lugar do acontecimento fosse, por exemplo, um cinema espaçoso com ar condicionado: acabava ficando quente e apertado. As fileiras de poltronas se retorciam. As cores na tela ficavam sulfúreas, até se empalidecerem de vez. Se por acaso nos tocássemos, a mão de qualquer um de nós tinha um espasmo, contraindo-se para longe, como sob efeito de um adverso choque elétrico. "No fim da tarde do dia…, no Cinema Apollo, em…, um cansaço catastrófico irrompeu do nada. As vítimas — um jovem casal, pouco antes ainda ombro no ombro — foram atingidas pela onda de pressão do cansaço e catapultadas para longe e, no final do filme, que — a propósito — se chamava *Sobre o amor*, cada um deles — sem um último olhar para o outro ou uma última palavra sequer — seguiu o próprio caminho, para sempre." Sim, esses cansaços desagregadores acometiam a pessoa com uma mudez e uma incapacidade de olhar; por nada, por nada do mundo, eu teria conseguido dizer a ela: "Estou cansado de você", nem sequer um simples "Cansado!" (o que, como grito em uníssono, talvez tivesse nos libertado dos nossos infernos individuais): tais cansaços nos incineravam o saber falar, a alma. Quem nos dera que tivéssemos, de fato, condições de seguir cada um o seu caminho! Não, aqueles cansaços faziam com que os apartados por dentro tivessem que ficar juntos por fora, como corpos. Era então que ambos, possuídos pelo diabo do cansaço, acabavam se tornando, eles mesmos, algo de dar medo.

De dar medo em quem?

No outro, respectivamente. Aquele tipo de cansaço sem fala, por estar fadado a perdurar, coage à violência. Talvez esta se manifestasse apenas no olhar que deformava o outro, não apenas como indivíduo, mas também como o outro *sexo*:

o sexo feio e ridículo dessa mulherada ou desse bando de homens aí, com esse andar que só a mulher encarna, com essas poses inveteradas de macho. Ou a violência ocorria velada, contra um terceiro, ao se esmagar casualmente uma mosca, ao se desfolhar uma flor como se por distração. Também acontecia de a própria pessoa se machucar, uma mordendo a ponta dos dedos, o outro enfiando a mão numa chama; ele batendo no rosto com o punho fechado, ela se atirando no chão, como uma criança pequena, só que sem as camadas de proteção desta. Às vezes, contudo, um cansado desses também chegava a atacar fisicamente seu coprisioneiro, o inimigo ou a inimiga, querendo estapeá-lo para fora do caminho ou se livrar dela aos gritos, com insultos pisoteados no chão. Essa violência ocasionada pelo cansaço de casal era, em todo caso, uma forma de escapar dele, a única; afinal, depois disso, um deles geralmente conseguia sair do caminho do outro, pelo menos. Ou o cansaço dava lugar a um esgotamento, no qual enfim se conseguia respirar de novo, e assim se podiam ponderar as coisas. Então um acabava voltando para o outro, quem sabe, e eles se fitavam admirados, ainda trêmulos pelo que tinha ocorrido há pouco, sem conseguir entender. Isso podia levar um a encarar o outro, mas com olhos totalmente novos: "O que foi que aconteceu com a gente lá no cinema, na rua, na ponte?" (Então se reencontrava a voz para pronunciar isso, involuntariamente em uníssono, o jovem para a jovem, ou o inverso.) Desse modo, o cansaço infligido aos dois jovens poderia significar até uma metamorfose: do despreocupado estar-apaixonado inicial para um estado de seriedade. A nenhum deles ocorria culpar o outro pelo que este acabara de fazer; em vez disso, o que ocorria era um levantar de olhos, da parte de ambos, para uma condicionalidade no estar juntos, no "tornar-se" juntos, de homem e mulher, uma condicionalidade que antigamente se denominava, por exemplo, "um efeito do pecado original", e hoje se chama não sei como. Se ambos conseguissem escapar desse cansaço, então eles, como dois sobreviventes de uma catástrofe, e em reconhecimento a isso, passariam a pertencer um ao outro até o fim da vida, que assim fosse!, e portanto um cansaço como esses jamais os acometeria de novo, que assim fosse. Assim, eles viveriam um com o outro, felizes e contentes, até que alguma outra coisa — bem menos enigmática, bem menos temível, bem menos inquietante que aquele cansaço — viesse a se interpor entre eles: o cotidiano, a coisa toda, os hábitos.

E esses cansaços desagregadores só ocorrem entre homem e mulher, entre amigos não?

Não. Sempre que senti cansaço na companhia de um amigo, não foi nenhuma catástrofe. Eu o vivenciei como o curso normal das coisas. Afinal, estávamos juntos só por um tempo e, depois desse tempo, cada um seguiria o seu caminho de novo, na consciência da amizade, mesmo após um momento de exaustão. Os cansaços entre amigos eram inofensivos; já entre jovens casais, em geral quando ainda não se sabia direito como lidar com o outro, eram um perigo. Ao contrário do que ocorria na amizade, no amor — ou como denominar aquele sentimento de plenitude e ser-o-todo? — o irromper do cansaço colocava tudo em jogo repentinamente. Desencanto. De golpe, as linhas da imagem do outro desapareciam; em um átimo, em um sobressalto, ele, ou ela, deixava de formar uma imagem; a imagem do átimo anterior tinha sido uma mera miragem: e assim, de um momento para o outro, tudo podia acabar entre duas pessoas — e o que mais assustava era que também parecia ser o fim de si mesmo; a pessoa se achava tão feia, ou, isto mesmo: tão *nula* quanto o outro com o qual ainda há pouco havia perceptivelmente corporificado uma forma de existência ("um corpo e uma alma"); a pessoa queria ela mesma, assim como o maldito outro, ser abolida ou abduzida no ato; até mesmo as coisas à volta se desintegravam em nulidades ("o trem expresso, como desliza cansado e abatido" — lembrança do verso do poema de um amigo): aqueles cansaços de casal tinham o perigo de desandar em cansaço da vida, para além de si mesmo um cansaço do universo, da folhagem frouxa nas árvores, do rio a fluir tão brusco quanto lerdo, do céu a empalidecer. — Como isso só acontecia quando homem e mulher estavam juntos a sós, com os anos passei a evitar todas as situações "a quatro olhos", por assim dizer, que prometessem ser mais demoradas (o que não era solução alguma, ou, então, uma solução covarde).

Agora é hora de uma pergunta bem diferente: será que você não está narrando esses temíveis cansaços malignos só por obrigação, por eles fazerem parte do seu tema — e disso é que viria, ao que me parece, esse modo de narrar arrastado, moroso e, à parte todo exagero (a história do cansaço violento é um tanto exagerada, se não for inventada), sem qualquer empatia, contudo?

Não só sem empatia; até agora se falou daqueles cansaços nefastos sem qualquer páthos. (E não se trata de um mero jogo de palavras, que por si só pretende denunciar alguma coisa.) Neste caso, porém, não considero um erro a falta de empatia da minha narrativa. (Além disso, o cansaço não é o meu tema e, sim, o meu problema — um assunto ao qual me exponho.) No mais, para os cansaços menos nocivos, para os mais belos, os belíssimos, eu também pretendo me manter sem páthos. A mim deverá bastar rastrear as imagens que eu tiver do meu problema, literalmente me sentar em cada uma delas e circunscrevê-las com a linguagem e todas as suas oscilações ou sinuosidades; e sem páthos, na medida do possível. Estar na imagem (sentar-se nela) já me basta como sentimento. E se eu pudesse me desejar mais uma coisa para a continuidade do ensaio sobre o cansaço, seria antes de tudo uma sensação: a de manter entre os dedos, enquanto estou sentado aqui dentro no quarto, o sentir do sol e do vento de primavera das manhãs andaluzas nestas semanas de março aqui nas estepes de Linares, a fim de que essa sensação magnífica de intervalos entre dedos, reforçada pelas ondas do aroma das camomilas que crescem em meio ao entulho, enverede pelas próximas frases acerca dos cansaços *benignos*, faça jus a eles e, sobretudo, torne-os mais fáceis que os anteriores. Mas acredito saber desde já: o cansaço é pesado; o problema do cansaço, em qualquer variante, continuará sendo pesado. (Com as lufadas da camomila silvestre sempre volta a bater, a cada manhã ainda mais intenso, um cheiro onipresente de carniça; só que, como o fiz até agora, prefiro deixar esse farejo para quem costuma se encarregar e se alimentar muito bem disso: os abutres.) — Agora, portanto, nesta nova manhã, avante, adiante com mais ar e luz entre as linhas, fazendo jus ao assunto, mas sempre perto do solo, perto do entulho em meio à camomila branco-amarelada, com ajuda da harmonia das imagens vividas. Não é bem verdade que antes eu só conhecia cansaços de dar medo. Antigamente na infância, no final dos anos 1940, início dos anos 1950, debulhar os grãos com a máquina ainda era um acontecimento. Não era um processamento automatizado, feito diretamente nos campos — com as espigas sendo introduzidas de um lado das máquinas e do outro lado caindo os sacos com grãos prontos para moagem —; lá em casa, isso acontecia dentro dos celeiros, com uma máquina emprestada que, na época da debulha, era levada de quinta em quinta. Para o processo de debulha do grão, requeria-se uma verdadeira cadeia de ajudantes como mão de obra, dos quais um ia jogando os feixes de espigas de cima da carroça — que ficava do lado de fora, por ser grande e estar carregada demais para caber no celeiro — até o próximo lá embaixo, que — evitando, de preferência, passar o feixe do lado difícil de se agarrar, ou seja, com o lado errado para a frente — já ia alcançando as espigas enfeixadas para o principal da cadeia ali ao lado daquela máquina que fazia todo o celeiro vibrar com seu estrépito e na qual então se girava e se enfiava com cuidado, pela ponta das espigas, todo o feixe entre os dentes da engrenagem da debulha — grande era o crépito que sempre irrompia —, de modo que a palha restante saía deslizando por trás e, quando formasse um monte, era içada pelo próximo ajudante com uma forquilha de madeira até os últimos da cadeia, em geral as crianças de todo o vilarejo, que — lá em cima no desvão do celeiro — tinham que carregar a palha até os cantos mais distantes, enfiá-la nos últimos vãos livres, pisoteando-a até ela ficar firme, e quanto mais palha se empilhasse entre elas, maior a escuridão. Até que o carro em frente ao portão — demonstrando o seu tornar-se leve através de um tornar-se claro dentro do celeiro — estivesse vazio, tudo prosseguia sem pausa, em um processo rápido e bem engrenado, que podia entravar ou derrapar com um único deslize. O último da cadeia, muitas vezes já espremido lá em cima no fim do período de debulha, quase sem espaço entre os montes de palha, também podia — se não encontrasse imediatamente ao seu lado, no escuro, um lugar para a palha que continuava a chegar na mesma rapidez — atrapalhar bem o transcurso, caso, já próximo da asfixia, acabasse abandonando o seu posto. Mas quando se encerrava a debulha com êxito e se desligava a máquina que encobrira todos os sons à volta

— nenhuma comunicação possível, nem sequer aos gritos, boca contra orelha —: que silêncio, não só no celeiro, mas em todo o campo; e que luz aquela que, em vez de ofuscar, agora envolvia. Enquanto as nuvens de poeira baixavam, nós — de joelhos bambos, cambando e cambaleando, um pouco por brincadeira também — nos reuníamos lá fora no pátio. Pernas e braços arranhados; hastes de espigas enfiadas nos cabelos, entre os dedos das mãos e dos pés. O mais duradouro nessa imagem, porém, são as nossas narinas: não cor de cinza, mas pretas de poeira, em todo mundo — nos homens, nas mulheres e em nós, crianças. Então ficávamos sentados lá fora — na minha lembrança sempre sob o sol da tarde — e apreciávamos juntos, conversando ou calados, o cansaço coletivo — e de nós, uns no banco do pátio, outros sobre as traves da carroça, um terceiro grupo já mais longe no gramado de quarar roupa, como se de fato reunidos, inclusive todos os vizinhos, todas as gerações em uma concórdia episódica. Era uma nuvem de cansaço, um cansaço etéreo que nos unia naquelas horas (até que se anunciasse o próximo carregamento de medas). Imagens de cansaços-nós como esse, da época da infância no vilarejo, tenho ainda mais.

Será que isso não é uma idealização do passado?

Se o passado tiver sido assim, passível de se idealizar, não tenho nada contra — e acredito nessas idealizações. Sei que aquela época foi sagrada.

Mas a contraposição que você faz entre o trabalho braçal coletivo e o trabalho solitário na máquina não será uma mera opinião e, por conseguinte, sobretudo injusta?

Ao narrar há pouco, o meu ponto não era essa contraposição, mas sim a pura imagem; entretanto, se algum antagonismo acabou se impondo contra a minha vontade, isso significa que não consegui narrar a imagem pura e que devo me resguardar melhor daqui para a frente, a fim de não contrapor uma coisa à outra ao apresentá-las, de não representar uma em detrimento da outra — característica esta do maniqueísmo, só o bem ou só o mal — uma coisa que, nas narrativas de hoje, já predomina sobre o falar com grandeza de coração, originariamente livre de opiniões: estou narrando aqui sobre um bom jardineiro, mas só para adiante ter ainda mais o que dizer sobre o caçador mau. — Fato é que dos camponeses e do seu trabalho braçal eu tenho imagens narráveis, de moverem o coração, e dos operadores de máquinas, por outro lado, não tenho nenhuma (ainda). Antigamente, durante o cansaço em conjunto depois da debulha de grãos, eu me via sentado em meio a algo como um povo, um povo que posteriormente sempre voltei a desejar que existisse no meu país, a Áustria, e do qual passei a sentir uma falta cada vez maior. Não estou falando de "cansaços de povos inteiros" pesando sobre as pálpebras de uma única pessoa, de alguém que só nasceu mais tarde, mas sim de uma imagem desejada do cansaço daquele povo específico, pequeno, da Segunda República do pós-guerra: que todos os seus grupos, estratos, ligas, corpos militares e capítulos eclesiásticos viessem a se sentar assim, entre iguais, definitivamente cansados como os camponeses de então, e que o cansaço conjunto conseguisse uni-los e sobretudo purgá-los. Um amigo francês, um judeu que durante a ocupação alemã teve que viver escondido, me contou uma vez (de modo idealizado, é claro, mas tanto mais esclarecedor) que, depois da libertação, "algo irradiava através de todo o país durante semanas": algo similar ao que eu imaginava do cansaço coletivo para a Áustria. Contudo, um contraventor, alguém que tenha se safado impune pode até conseguir cochilar às vezes, onde estiver, sentado ou em pé, como certos foragidos errantes, e pode até conseguir dormir muito e fundo, ruidosamente — só que não conhece o cansaço, muito menos aquele capaz de unir; até o último estertor, nada neste mundo o fará sentir cansado, a não ser, por fim, a sua — talvez até mesmo almejada — punição. E todo o meu país está infestado desse tipo de gente incansável, de mangas arregaçadas, inclusive os chamados dirigentes; em vez de comporem, por um instante que seja, o corso do cansaço, entram em cena como um bando fervilhante de algozes e capatazes de longa data, bem diferentes dos descritos acima, isso mesmo, de velhos e inveterados joõezinhos e mariazinhas exterminadores em massa, jamais cansados, a excretarem por todo o país uma descendência de sujeitinhos igualmente despertos, já prestes a adestrar os netos para tropas de espias, de modo que — em meio a essa mesquinha maioria — nunca haverá lugar para a necessária união de todas as minorias em um povo do cansaço; nesse Estado, cada um permanecerá sozinho com seu próprio cansaço até o fim da história. O Juízo Final — que por um momento eu realmente acreditei se aplicar ao nosso povo (não preciso nem dizer quando foi isso) — parece não existir mesmo; ou então: os vereditos do Juízo Final não entraram e — este foi o meu pensamento após aquela breve esperança — jamais entrarão em vigor dentro das fronteiras austríacas. O Juízo Final não existe. O nosso povo — tive então que continuar pensando — é o primeiro irrevogavelmente degradado da história, o primeiro povo incorrigível, para todo o sempre incapaz de reversão, incapaz de expiação.

Isso agora não é inequivocamente uma mera opinião?

Não é opinião, mas sim imagem: afinal, eu vi o que pensei. Opiniosa, e com isso incorreta, talvez apenas a palavra "povo"; pois, na imagem, o que me apareceu não foi bem um "povo", mas sim um bando obstinado, condenado pela insensatez de seus atos desumanos a um infinito andar em círculo, um *"bando dos que nunca se cansam"*. Mas é claro que há outras imagens que contradizem isso de imediato e, por sua vez, vêm cobrar justiça; só que estas não me chegam tão fundo, elas esmorecem logo. — Os antepassados, até onde se pode rastrear, eram criados, pequenos camponeses (os menores, sem terra) e, quando tinham alguma formação, sempre carpinteiros. Eram esses carpinteiros da região que eu sempre enxergava, em conjunto, como aquele povo do cansaço. Aquela era a época em que se voltava a construir depois da guerra, e eu — como o filho mais velho — muitas vezes era mandado pelas mulheres da casa — a mãe, a avó, a cunhada — às diferentes construções das redondezas levar o almoço quente nas marmitas; todos os homens da casa que não haviam morrido na guerra, e o avô sexagenário durante algum tempo ainda, trabalhavam lá com outros carpinteiros ("carapinas") no madeiramento dos telhados. Na minha imagem, eles estão sentados ao lado do esqueleto da construção durante a refeição — de novo aquele sentar diverso — sobre as vigas já talhadas ou sobre os troncos sem casca, ainda a serem trabalhados. Agora já sem chapéus, com os cabelos colados às testas branco-leite, em contraste com os rostos escuros, todos parecem nervurados, franzinos, além de delgados e frágeis. Não consigo me lembrar de nenhum carpinteiro bojudo. Estão comendo lentamente, em silêncio, inclusive o padrasto alemão, o "auxiliar de carpinteiro" que — forasteiro no país e no vilarejo — só conseguia se afirmar por causa de sua falastronice cosmopolita (que descanse em paz). Depois ainda ficam sentados um tempo, levemente cansados e virados uns para os outros, e conversam, sem piadas, sem insultos, sem jamais elevar a voz, sobre suas famílias, quase só sobre elas, ou, assim pacíficos, sobre o tempo — nunca sobre um terceiro —, uma conversa que então envereda pela distribuição do trabalho da tarde. Embora entre eles haja um cabeça, a minha impressão é de que ninguém ali dá as cartas ou a palavra final: faz parte do seu cansaço o fato de, entre eles, não "dominar" nada nem ninguém e de sequer haver algo "predominante". Por mais pesadas, inflamadas que estejam suas pálpebras — uma característica específica desse cansaço —, eles estão despertos; cada um deles, a presença de espírito em pessoa

("Tome!" — Joga-se uma maçã. — "Está na mão!"), todos cheios de ânimo (toda vez se começa, involuntariamente a muitas vozes, a se narrar de súbito: "Antes da guerra, quando a mãe ainda estava viva, uma vez a gente foi fazer uma visita para ela no hospital de St. Veit e voltou, à noite, andando a pé os cinquenta quilômetros de volta para casa pelo vale de Trixen..."). As cores e as formas daquelas imagens do fragmentário povo do cansaço são o azul das calças de trabalho, as retas vermelhas carimbadas nas vigas pelas linhas de pedreiro, o vermelho e o violeta dos lápis oval-cilíndricos dos carpinteiros, o amarelo dos metros de pedreiro, o oval do ar dentro do nível de bolha. Os cabelos molhados de suor nas têmporas já secaram e agora se avolumam; nos chapéus, novamente sobre as cabeças, nenhum distintivo; preso às faixas — em vez de pelo de camurça — o lápis. Se naquela época já existisse rádio de transístor, ele teria permanecido — pelo menos é o que imagino — bem longe das construções. E, mesmo assim, para mim é como se, de dentro da claridade dos respectivos lugares, viesse algo como uma música — a do próprio cansaço, para ouvidos aguçados. Sim: aquele olhar, de novo eu sei, também foi um tempo sagrado — episódios do sagrado. — Todavia, ao contrário do que ocorria com o povo da máquina de debulha, a este povo cansado aqui eu não pertencia, e eu o invejava. Depois, adolescente, quando eu poderia ter vindo a pertencer a ele, tudo mudou de figura, ao contrário do que havia imaginado o carregador de marmitas. Com a morte da avó, o aposentar-se do avô e o abandono da agricultura, acabou — e não foi só na quinta daquele vilarejo — a grande comunidade doméstica das gerações, e então meus pais começaram a construir uma casa própria. Na construção dessa casa, para a qual todos na família, até as crianças menores, tinham que contribuir de alguma forma, eu também fui recrutado e então passei a experimentar um cansaço totalmente novo. O trabalho, que nos primeiros dias consistia sobretudo em levar um carro de mão cheio de pedras de cantaria morro acima até a construção inacessível para o caminhão, por cima das tábuas colocadas sobre o barro, o que eu vivenciei não foi mais o nosso trabalho conjunto, mas sim o esgotamento. O encargo penoso, volta e meia entravado, de empurrar aquele peso morro acima, reiteradamente desde a manhã até a noite, me atingiu com tamanho furor que eu não tinha mais olhos para o que quer que fosse à minha volta, e só conseguia ficar fitando à frente os tijolos cor de cinza de arestas afiadas, as torrentes de cimento cinza se contorcendo sobre o pontão e, acima de tudo, os intervalos entre as tábuas avulsas, onde em regra eu tinha que erguer de leve o carro de mão, ou deslocá-lo, para conseguir passar por cantos e curvas. Não era raro o peso virar, e comigo junto. Nessas semanas tive uma noção do que deve ser o trabalho servil ou escravo. "Estou acabado", costuma-se dizer informalmente: sim, no fim do dia, eu ficava não só com as mãos em carne viva, mas com os dedos dos pés queimados por causa do cimento que os atravessara, e eu desabava ali de cócoras (não sentado), acabado de cansaço. Impossível engolir qualquer coisa, não havia o que descesse; e falar eu também não conseguia. O sinal específico desse cansaço é que parecia não haver qualquer recuperação possível. Adormecer, a pessoa adormecia no ato, mas no amanhecer do dia seguinte, um pouco antes do início do trabalho, acordava ainda mais cansada que antes; como se aquela refrega tivesse afastado tudo o que perfizesse o menor sentimento de vida — a sensação da primeira luz da manhã, do vento nas têmporas — e isso, para todo o sempre; como se, a partir de agora, este estado morto-vivo não fosse mais ter fim. Mas como assim, se antes, diante de quaisquer contrariedades, eu não demorava a encontrar uma desculpa e sempre conseguia me esquivar? É que agora eu estava fraco demais até para sair pela tangente como de costume — "tenho que estudar, me preparar para o internato"; "vou até a floresta buscar cogumelos para vocês".

E não havia encorajamento que ajudasse: embora se tratasse de algo meu, sim, da nossa casa, aquele cansaço do trabalhador imigrante não me largava; era um cansaço que isolava. (A propósito, havia mais trabalhos desse tipo, temidos por todo mundo, como cavar os fossos da canalização da água: "Esse trabalho é o cão, o demo!" Intrigante apenas o fato de aquele cansaço de morte se esvair, com o tempo, cedendo espaço ao cansaço dos carpinteiros? Não, cedendo espaço a algo esportivo, a uma sede de consenso, acompanhada por uma espécie de humor de cadafalso.) —

Uma experiência de cansaço bem diversa foi aquela com o trabalho de turno durante a época da faculdade, para ganhar dinheiro. Ali se trabalhava desde manhã cedo — eu levantava às quatro horas para pegar o primeiro bonde e, sem tomar banho, urinava dentro de um vidro de geleia no quarto, para não incomodar as pessoas da casa — até o início da tarde, lá em cima, bem abaixo do teto, sob uma luz artificial, no departamento de expedição de uma loja de departamentos, durante as semanas antes do Natal e da Páscoa. Eu desmontava caixas de papelão usadas e, com uma poderosa guilhotina, recortava grandes retângulos que serviriam de reforço e esteio para as caixas novas a serem embaladas numa linha de produção na sala ao lado (uma atividade que — assim como antigamente cortar ou serrar lenha em casa — até me fazia bem com o tempo, deixando espaço para os pensamentos, mas não muito espaço, por causa do ritmo). Agora aquele novo cansaço chegava assim que saíamos para as ruas depois do turno e cada um seguia o seu caminho. De repente, sozinho no meu cansaço — olhos piscando, óculos empoeirados, colarinho aberto e sujo — eu ganhava novos olhos para a imagem familiar da rua. Eu não me via mais como antes, a caminho na companhia de outros que também estavam a caminho, rumo às lojas, à estação ferroviária, aos cinemas, à universidade. Embora eu seguisse com um cansaço desperto, sem sonolência, e não fechado em mim mesmo, eu me via excluído da sociedade, e esse era um momento sinistro; eu era o único a caminhar na contracorrente, para dentro da perdição. Nos auditórios da tarde, que depois eu adentrava como espaços proibidos, eu conseguia prestar ainda menos atenção que de costume naquelas vozes em litania; o que estava sendo dito ali não era mesmo dirigido a mim, que não era nem sequer ouvinte. A cada dia eu desejava ainda mais fazer parte dos grupinhos cansados daqueles trabalhadores de turno lá em cima na água-furtada, e agora, ao sentir essa imagem em retrospectiva, reconheço que já naquela época, bem cedo, aos dezenove, vinte anos, bem antes de começar a me dedicar seriamente à minha escrita, eu tinha parado de me sentir um estudante entre estudantes; e isso não era agradável, era antes de mais nada um sentimento receoso.

Você não percebe que está passando imagens do cansaço de uma maneira levemente romântica, ao falar apenas dos seus artesãos e pequenos camponeses, mas nunca de cidadãos, nem grandes nem pequeno-burgueses?

É que nos cidadãos eu nunca enxerguei aqueles cansaços plenos de imagem.

E você não poderia ao menos imaginá-los?

Não. Ao que me parece, o cansaço não combina com eles; eles o consideram um tipo de mau comportamento, como andar descalço. E, além do mais, eles não têm condições de transmitir uma imagem do cansaço; afinal, as suas ocupações não são desse tipo. O que eles conseguiriam, no máximo, seria mostrar um cansaço moribundo no fim de tudo, assim como nós todos, espero eu. E do mesmo modo não consigo imaginar o cansaço de um rico, ou de um poderoso, com exceção talvez dos depostos ou abdicados, como os reis Édipo e Lear. Nem sequer entre os que trabalham eu vejo alguém sair cansado no final do expediente das empresas grandes e totalmente automatizadas de hoje; o que vejo são apenas pessoas empinadas com um jeito tirano, com caras de vencedores e gigantescas mãos de bebê, prestes a continuar aplicando seus gestos displicente-despertos nas máquinas de jogo logo adiante. (Já sei o que você vai questionar agora: "Antes de dizer algo assim, você deveria primeiro ficar cansado de verdade, para ter uma medida." *Porém*: às vezes *eu tenho que* ser injusto, tenho vontade disso. E, além do mais, me manter assim no encalço das imagens, fazendo jus à minha ideia, já está me deixando um tanto cansado.) — Um cansaço comparável ao cansaço dos trabalhadores de turno eu acabei conhecendo — foi a minha única possibilidade — quando por fim "fui escrever", diariamente, meses a fio. De novo, quando eu saía para as ruas da cidade depois, não me sentia mais pertencente àquele grande número lá. Mas o sentimento que me acompanhava nesse caso era bem diferente: o fato de não participar daquele cotidiano corriqueiro não me importava mais; muito pelo contrário, cansado por ter estado criando, à beira do esgotamento agora, eu me sentia totalmente bem: não era a sociedade que se tornava inacessível para mim; eu é que era inacessível a ela, a cada uma das pessoas. O que me importavam os seus divertimentos, as suas festas, os seus abraços, se eu tinha as árvores ali, o capim, a tela de cinema onde Robert Mitchum fazia a sua cara misteriosa só para mim, a jukebox onde Bob Dylan cantava só para mim a sua "Sad-Eyed Lady of the Lowlands" ou Ray Davies a sua e minha "I'm Not Like Everybody Else"?

Mas esses cansaços não ameaçavam desandar em arrogância?

Sim. Eu sempre me pegava, então, numa arrogância, desdenhando das pessoas ou, pior ainda, numa compaixão condescendente por todas as profissões convencionais, que nunca na vida poderiam levar a um cansaço tão principesco como o meu. Depois de ter ficado escrevendo, nas horas seguintes, eu era um intocável — intocável no meu sentido da palavra, entronado, por assim dizer, estivesse eu no último dos confins. "Não me toque!" E se o altivo de tão cansado se deixasse tocar por acaso, era como se nada tivesse acontecido. — Já viver o cansaço como um tornar-se acessível, sim, como a realização do deixar-se tocar e mesmo do saber tocar, só fui viver muito depois. Isso era raro de ocorrer, como na vida só mesmo os grandes acontecimentos, e faz bastante tempo que não acontece, como se algo assim fosse possível somente numa determinada época da existência e depois apenas se repetisse em estados de exceção, numa guerra, em um cataclismo ou em outro tempo de adversidade. As poucas vezes em que aquele cansaço, qual verbo seria pertinente? me foi "concedido"?, me "coube"?, eu estava de fato em um tempo de adversidade pessoal; e era quando eu me deparava, para minha sorte, com um outro que também estava vivendo uma adversidade semelhante. E esse outro sempre era uma mulher. Não bastava só o tempo de adversidade; para que aquele cansaço erótico nos ligasse, tínhamos que ter acabado de superar um contratempo. Isto parece ser uma regra: antes de se tornarem um casal dos sonhos durante horas, é preciso que homem e mulher tenham primeiro percorrido um longo caminho extenuante, se encontrado em um terceiro lugar, desconhecido de ambos, se possível longe de qualquer espécie de espaço familiar — ou de qualquer familiaridade — e terem superado juntos algum perigo ou simplesmente alguma conturbação demorada, e isso em solo inimigo, que pode até ser seu próprio país. Então aquele cansaço pode possibilitar, neste espaço de refúgio finalmente tranquilo, que os dois, homem e mulher, mulher e homem, se entreguem um ao outro de repente em repente, de modo tão natural e tão íntimo que esta união, pelo menos é o que imagino agora, seria incomparável a outras, até mesmo ao amor;

"como trocar pão e vinho", definiu um outro amigo. Ou me vem à mente, para descrever este tornar-se um no cansaço, o verso de um poema: "...palavras de amor — cada um só fazia rir", algo correspondente a "um corpo e uma alma", mesmo que, em torno de ambos os corpos, o que impere seja o silêncio; ou variando a frase de um filme de Alfred Hitchcock murmurada por Ingrid Bergman, enquanto ela abraça o exausto, mas (ainda) um tanto distante Cary Grant: "Que o senhor me permita — mas um homem cansado e uma mulher bêbada formam um belo par, não acha?": "Um homem cansado e uma mulher cansada formam o mais belo par". Como se esse estar-com se revelasse numa única palavra, como "contigo" em português ou espanhol... Ou em alemão: em vez de *ich bin deiner müde* (estou cansado de você), *ich bin dir müde* (estou cansado para você). Depois dessas raras experiências, passei a imaginar Don Juan — não como um sedutor, mas — como um herói *sempre*-cansado, cansado na hora certa, na presença de uma mulher cansada, de modo que todas acabam caindo no seu colo — sem jamais lamentarem, contudo, a sua partida, assegurando assim que sejam consumados os mistérios do cansaço erótico; afinal, o que tiver ocorrido entre ambos os cansados terá sido para sempre, para o resto da vida: os dois não terão conhecido nada mais duradouro que esse deparar-se um com o outro, e nenhum deles precisará de uma repetição; sim, eles até se esquivariam disso. Contudo: como é que esse Don Juan chega a esses cansaços sempre novos, nos quais ele e a próxima se tornam tão maravilhosamente ternos? Não apenas uma ou duas, mas mil e três dessas sincronicidades a se inscreverem no corpo do casal para sempre, até as menores saliências da pele, e cada movimento, autêntico, genuíno, sem nenhum lance de jogo entre — ou seja, de repente em repente? No que me toca, pelo menos, depois de êxtases de cansaço tão raros como esse, sempre me tornei incapaz dos usuais jogos de corpo e de cena.

E o que ainda restava para você depois disso?

Cansaços ainda maiores.

Então existem, a seu ver, cansaços ainda maiores que os sugeridos acima?

Há mais de dez anos, peguei um voo noturno de Anchorage, no Alasca, para Nova York. Foi um voo bastante penoso, com a decolagem bem depois da meia-noite, nessa cidade do golfo de Cook — no qual, durante a maré alta, as placas de gelo se aproximavam empinadas e, na maré baixa, as mesmas placas, já cinza-negras, galopavam oceano afora —, tendo uma escala em Edmonton, Canadá, com o avião pousando no primeiro amanhecer sob nevasca, e outra em Chicago, depois de o avião ter ficado voando em círculos na fila de pouso, até aterrissar sob o sol ofuscante de quase meio-dia e ainda ficar aguardando na pista, sendo o pouso final, então, numa tarde abafada, lá fora nas cercanias de Nova York. Enfim no hotel, eu queria ir dormir imediatamente, como se estivesse doente — apartado do mundo —, após aquela noite em claro sem ar e sem movimento. Mas, assim separado do sol de início de outono, avistei lá embaixo as ruas adjacentes ao Central Park, nas quais — ao que me parecia — as pessoas se espraiavam como em um dia de festa e, com o sentimento de estar perdendo algo ali dentro do quarto, acabei sendo levado a sair. Eu me sentei no terraço de um café, no sol, perto do alarido e das nuvens de fumaça de gasolina, ainda atordoado, sim, vacilando por dentro de modo atemorizante após a noite passada em claro. Mas depois, não sei bem como, gradualmente? ou, de novo, de repente em repente? a metamorfose. Uma vez li que pessoas melancólicas podem superar suas crises ao serem impedidas de dormir durante noites e noites; nesses casos, a "ponte pênsil do eu", em sua perigosa oscilação, se estabilizaria. Foi essa imagem que surgiu à minha frente, quando a aflição do cansaço acabou cedendo espaço dentro de mim. Esse cansaço tinha algo de uma cura. Não se costuma dizer "lutar contra o cansaço"? — Esse duelo chegara ao fim. O cansaço era meu amigo agora. Eu estava aqui de novo, no mundo e até mesmo — não só por ser Manhattan — no centro dele. Mas depois ainda vieram outras coisas, muitas, uma mais aprazível que a outra. Até chegar a noite, só fiz ficar sentado e olhar; era como se eu não precisasse sequer tomar fôlego. Nada desses pretensiosos exercícios de respiração ou posturas de ioga: aí está você sentado, respirando à luz do cansaço, e por acaso corretamente. Havia muitas pessoas passando e, de uma hora para outra, mulheres extraordinariamente bonitas por sinal — uma beleza que, de quando em quando, me umedecia os olhos —, e todas elas me registravam ao passar: eu estava dentro de questão. (Estranho que fossem sobretudo mulheres bonitas a notar esse olhar de cansaço, além dos homens idosos e das crianças.) Mas sem pretensão alguma de que nós, uma delas e eu, viéssemos a ter alguma coisa além disso; eu não queria nada delas; bastava-me finalmente poder ficar assim a contemplá-las. E, de fato, era o olhar de um bom espectador, durante uma encenação ou um jogo que só poderia ter êxito se pelo menos um espectador desses estivesse ali sentado. O olhar desse cansado era uma atividade, ele agia, intervinha: com isso, os partícipes ficavam melhores, mais bonitos — por exemplo, à medida que tinham mais vagar perante tais olhos. Este lento piscar de olhos fazia com que eles passassem a valer — ele os validava. Como que por milagre, o cansaço privou o que olhava do seu eu-próprio, daquele que eternamente incita ao desassossego, e assim todas as deformações, manias, tiques e rugas de preocupação caíram por terra; nada mais que olhos libertos, finalmente tão inescrutáveis como os de Robert Mitchum. E então: o olhar desprendido de si passou a atuar para além das belas passantes, incluindo neste seu centro do mundo tudo o que vivia e se movia. O cansaço discernia — um discernir que não esfacelava, mas tornava reconhecível — o usual tumulto, ritmado até o benfazer da forma — forma até onde o olho alcançasse — grande horizonte do cansaço.

Mesmo as cenas de violência, as colisões, os gritos — eram formas que faziam bem nesse grande horizonte?

Estou narrando aqui sobre o cansaço na paz, no meio-tempo. E naquelas horas também se fazia paz no Central Park. E o espantoso é que o meu cansaço parecia contribuir para aquela paz temporária ali, à medida que qualquer esboço de gesto de violência, de briga ou tão somente de uma ação descortês parecia se abrandar? se atenuar? — se desarmar diante daquele olhar, por meio de um compadecimento diferente daquele depreciativo que às vezes aparece na exaustão: sentir-com, compreender.

Mas o que havia de especial nesse olhar? O que o definia?

Eu via — algo perceptível para os outros — a pessoa juntamente com a sua coisa: a árvore sob a qual ele passava, o livro que ele segurava na mão, a luz sob a qual ele estava, mesmo que fosse a luz artificial de uma loja; o velho cafetão *com* seu terno claro *e* seu cravo na mão; o viajante com o peso de sua bagagem; o gigante junto com seu filho invisível sobre os ombros; a mim mesmo junto com o redemoinho de folhas vindo do bosque do parque; cada um de nós com o céu sobre a cabeça.

E se não houvesse uma coisa específica?

Nesse caso, o meu cansaço a criava, e o outro que estivesse vagando no vazio começava a sentir, de um instante para o outro, a aura da sua coisa. — E mais do que isso: aquele cansaço fazia com que as mil e uma cenas desconexas, a esmo diante de mim, se ordenassem, para além de uma forma, numa sequência; cada uma delas me adentrava como parte perfeitamente cabível de uma narrativa concatenada e encadeada com maravilhosa sutileza e leveza; e as ocorrências narravam a si mesmas, sem mediação das palavras. Graças ao meu cansaço, o mundo se livrava de seus nomes e se alargava. A propósito, tenho uma imagem algo difusa de quatro modos de relação entre o meu eu-linguagem e o mundo: no primeiro, estou mudo, dolorosamente excluído das ocorrências — no segundo, o tumulto de vozes, o alarido de fora vai se transferindo para dentro de mim, mas ainda continuo igualmente mudo, no máximo capaz de escrever — no terceiro, finalmente se faz vida dentro de mim e um narrar se inicia como se involuntariamente, frase a frase, um narrar em geral direcionado a alguém específico, a uma criança, aos amigos — e no quarto modo, então — algo que até agora vivi de forma mais duradoura naquele cansaço a olhos claros —, o mundo narra a si mesmo, em silêncio, totalmente sem palavras, para mim, bem como para esse vizinho espectador grisalho aqui e para aquela exuberante dona que passa rebolando ali; ao mesmo tempo, qualquer acontecimento pacífico já era narrativa, e esta — ao contrário do que ocorre em ações de luta e em guerras, que requerem um cantor ou um cronista — acabava se concatenando por si mesma, diante de meus olhos cansados, em um epos, e além do mais, conforme me ficou claro na ocasião, em um epos ideal: as imagens do mundo fugaz iam se encaixando, uma e depois a outra, e acabavam tomando forma.

Ideal?

É, ideal: pois ali tudo transcorria naturalmente, e mais e mais coisas se passavam, nada sobrava e nada faltava — tudo como se deve em um epos; o mundo narrando a si mesmo como a história da humanidade narrando a si mesma, assim como ela poderia ser. Utópica? "*La utopia no existe*", li certa vez em um cartaz, ou seja, o não lugar não existe. Leve isso em conta e a história do mundo começa a girar. De qualquer forma, o meu cansaço utópico daquela ocasião deu em algum lugar, pelo menos naquele. Nunca tive tanto senso de lugar como naquela ocasião. Era como se o cheiro do local me fosse conhecido há muito, como se fizesse tempo que eu estivesse ali, embora eu tivesse acabado de chegar. — E nesse lugar, mais coisas foram se encadeando em cansaços semelhantes dos anos seguintes. O que chamava atenção era o fato de, muitas vezes, estranhos me cumprimentarem — a mim, forasteiro

— por eu lhes parecer familiar, ou só mesmo por cumprimentar. Em Edimburgo, após ter passado horas olhando para *Os sete sacramentos*, de Poussin, que representam — finalmente da distância certa — o batismo, a última ceia e coisas do gênero, sentei-me em um restaurante italiano, radiantemente cansado que eu estava, e assim resoluto — algo excepcional advindo desse cansaço — consegui deixar que me servissem, sendo que no final todos os garçons chegaram ao consenso de que já tinham me visto em algum lugar antes, mas cada um em um lugar diferente: um em Santorini (onde nunca estive); o outro no último verão, no lago de Garda com um saco de dormir — nem o saco de dormir, nem o lago procediam. — No trem de Zurique para Biel, após uma noite sem dormir rumo à festa de formatura das crianças na escola, sentou-se à minha frente uma jovem que também tinha passado a noite em claro, vinda da festa de encerramento da Tour de Suisse, onde — contratada por um banco que estava metido nisso tudo — ficara incumbida dos ciclistas: entregar flores, beijos no rosto para todos os que estavam no pódio... E dessa moça cansada, algo narrava incessantemente, como se — no mais — já soubéssemos tudo um do outro. Um ciclista que fora vencedor duas vezes seguidas e, portanto, deveria receber seu beijo já pela segunda vez nem sequer a reconheceu; de tanto que — continuava ela contando, animada, com todo apreço, sem qualquer decepção — os ciclistas estavam envolvidos com seu esporte. Agora ela nem iria dormir, mas — com a fome que estava — iria almoçar com a sua amiga em Biel —; a propósito, agora fica clara para mim outra causa daquele cansaço tão confiante do mundo: estar com uma certa fome. O cansaço da saciedade não provoca algo assim. "Estávamos famintos e cansados", diz a jovem em *A chave de vidro*, de Hammett, contando a Ned Beaumont o que tinha sonhado com os dois: aliás, o que fizera com que eles se encontrassem havia sido a fome e o cansaço. — Quem parece ter uma receptividade especial para esse tipo de cansaço, ao que me consta — ao lado dos também cansados e das crianças que, com olhos grandes e toda expectativa, se voltavam para aquele que estava sentado ali —, são os idiotas e os animais. Alguns dias atrás em Linares, na Andaluzia, um idiota que estava cambaleando ausente, de mãos dadas com um familiar, fez olhos tão surpresos quando me sentei no banco depois do pandemônio de papéis da manhã e da tarde, como se estivesse vendo ali um igual, ou melhor: alguém ainda mais espantoso. O rosto todo, não apenas os olhos do mongoloide me iluminaram; até ele ficou parado e teve que ser literalmente puxado para continuar andando — puro prazer no seu semblante, simplesmente pelo fato de um olhar ter percebido e acolhido o seu. Isso foi uma repetição: já acontecera, aqui e ali, de os idiotas do planeta, europeus, árabes, japoneses, encenando com alegria infantil o teatro de si mesmos, terem entrado no campo de visão deste idiota do cansaço. — Uma vez, depois de um trabalho e de um longo trajeto a pé através de uma planície friulana sem árvore alguma, eu — arriado de cansado — passei à beira de um bosque nas imediações de um vilarejo chamado Medea; naquele prado estavam descansando um par de patos, uma corça e um coelho, um ao lado do outro, e, quando apareci, primeiro eles esboçaram os primeiros movimentos de fuga, para depois permanecerem demostrando sua harmonia, arrancando o capim, mordiscando, rebolando. — No Mosteiro de Poblet, na Catalunha, dois cachorros se depararam comigo na estrada, um grande, o outro menor, como pai e filho, e então vieram me acompanhando, ora logo atrás, ora me ultrapassando. Eu estava tão cansado que nem tive o usual medo de cachorro e, além do mais, conforme imaginei, de tanto andar por ali, já tinha assimilado o cheiro da região e me tornado familiar aos cães. Eles começaram a brincar de verdade: "o pai" correndo em torno de mim e "o filho" o seguindo, passando por entre as minhas pernas. Isso mesmo, pensei eu, esta é a imagem do verdadeiro cansaço humano: ele abre, torna permeável, cria uma passagem para o epos de todos os seres, inclusive o destes animais. — E aqui talvez caiba um adendo: na estepe de entulhos e camomila nas imediações de Linares, onde saio para caminhar todos os dias, tornei-me testemunha de ocorrências bem diferentes entre homens e animais. Disso tudo apenas algumas palavras-chave: homens sentados ali na vastidão, esparsos, como que descansando à sombra dos escombros ou dos blocos de pedra, mas na verdade à espreita, à distância de um tiro das gaiolas minúsculas presas a hastes flexíveis em meio ao entulho, quase sem espaço para os passarinhos ali borboleteando e fazendo bambear as gaiolas, servindo de iscas móveis para as aves maiores (a sombra de uma águia, longe de despencar, roçando o meu papel, no silencioso e também sinistro eucaliptal junto às ruínas da mina de linarite, meu lugar de escrita ao ar livre durante a Semana Santa espanhola, com seus extáticos estrídulos e sons de trombetas); — ou as crianças do acampamento de ciganos se lançando ao palude no pôr do sol, circundadas pela dança de um cachorro grácil, de perfil nobre que, então, aos uivos, fora de si, assistindo ao espetáculo encenado por um meio-adulto, este a soltar uma lebre na savana e a atiçar o cachorro atrás, o leporídeo logo sendo alcançado, a mordida do cachorro na nuca, primeiro de brincadeira, o deixar-se cair da lebre, uma nova fuga dela, para voltar a ser apanhada logo em seguida, agora já rodando na boca do cachorro, sacudida de um lado para o outro, e o disparar pelo campo do cachorro com a presa entre os dentes — o berro da lebre estendendo-se ao longe —, espetáculo finalizado com o retorno das crianças para o acampamento, o cachorro saltando até a mão esticada do líder e desta a lebre pendendo pelas orelhas, encharcada de sangue, patas já inertes, ainda em espasmos esporádicos, sua pequena silhueta contra o sol poente à frente da procissão, e acima do perfil das crianças o rosto da lebre, em seu desamparo e abandono, elevando-se sobre o de um animal e o de um ser humano; — ou os adolescentes ontem, no meu caminho de volta à cidade depois da escrita no eucaliptal: no muro de pedra perto dos olivais, ramos de oliveira e hastes de junco em punho, correndo para a frente e para trás em meio a gritos, pedras ricocheteando em todas as direções, golpes com os pés, e embaixo, agora aberta ao sol, a longa e grossa cobra enrolada, de início mal se movendo, a não ser por um sobressalto da cabeça e um certo serpear — será que ainda mais pesada por causa da hibernação? —, até descerem os porretes nela de todos os lados, o junco se rompendo mas acertando duro, em meio à balbúrdia das quase crianças que continuavam correndo para a frente e para trás no mesmo berreiro (na lembrança eu junto com elas), finalmente o levantar-se da cobra, bem alto, ao mesmo tempo deplorável ela, incapaz de dar o bote, nem ameaçando sequer, apenas exibindo o pescoço intimidante, como seu gesto inato de serpente, e assim empinada, de perfil, com a cabeça esmagada e o sangue vazando da boca, de repente, antes de tombar sob os golpes de pedras, igual à lebre, personagem terceira, como uma aparição instantânea no fundo de um palco, fazendo-se valer ao abrir da cortina usualmente estampada com figuras de animais e pessoas: — Mas de onde vêm em mim tamanhos sobressaltos que nada narram e no máximo confirmam, de onde vem toda essa relutância em *continuar* narrando, embora os cansaços *agregadores* me contem algo, sim, e desencadeiem em mim uma espécie de tomar fôlego e, além do mais, a respiração épica?

Sim, mas você não percebe que não foram apenas sobressaltos? Afinal, embora você só quisesse registrá-los, quase acabou enveredando a contragosto numa narração, conseguindo no fim evitar suas formas verbais, as do pretérito, só por princípio — e por meio de um truque. E que, de mais a mais, pintar os sobressaltos leva a algo mais visualizável, ou pelo menos mais sugestivo que as ocorrências plácidas desta sua epopeia do cansaço?

Mas não quero me tornar sugestivo. Não quero persuadir ninguém — nem mesmo com imagens —, mas apenas lembrar cada pessoa daquele seu cansaço capaz de narrar. E o que ele tem de visualizável ainda está por vir, logo mais no final deste ensaio, quem sabe — caso eu fique cansado o suficiente neste meio-tempo.

Para além das suas anedotas e fragmentos, o que é então a coisa em si, a essência do cansaço último? Como ele repercute? Dá para iniciar alguma coisa com ele? Ele permite ao cansado alguma ação?

Mas se ele próprio já é a melhor ação possível, não é preciso se iniciar nada mais com ele; afinal, ele em si já é uma iniciativa, um fazer — "fazer o início", algo que se costuma dizer informalmente. O seu fazer o início, a sua iniciativa é uma lição. O cansaço dá lições — é aplicável. Lições de quê?, você pergunta. Anteriormente na história do pensamento, havia a noção da coisa "em si", algo que deixou de valer a partir do momento em que se passou a considerar que o objeto nunca pode se revelar como tal, mas apenas em associação comigo. Os cansaços que tenho em mente, contudo, renovam para mim o que já foi imaginado antes, além de torná-lo manifesto. Mais do que isso: eles trazem, junto com o imaginado, a própria ideia. Mais do que isso: na ideia da coisa, também acabo tocando com as mãos uma lei: a forma como a coisa se revela no momento não é apenas como ela é, mas também como *deve* ser. E mais ainda: em um cansaço fundamental como esse, a coisa nunca aparece só por si, mas sempre junto com outras, e mesmo que sejam apenas poucas coisas, no final todas estão juntas. "Agora o cão também está latindo — tudo está aqui!" E por fim: esses cansaços querem ser compartilhados.

E por que tão filosófico, de uma hora para outra?

É verdade — talvez eu ainda não esteja tão cansado —: na hora do último cansaço, não resta nenhuma indagação filosófica. Esse tempo é também o espaço, esse espaço-tempo também é a história. O que é também *se torna*. O outro também se torna eu. As duas crianças ali sob os meus olhos cansados, isso sou eu agora. E a irmã mais velha puxando o irmão menor pelo café agora: isso faz sentido e tem um valor, e uma coisa não vale mais que a outra — a chuva que cai no punho do cansado tem o mesmo valor que a vista com o passante do outro lado do rio —; e é tão bom quanto belo, é assim que é e deve continuar sendo e, sobretudo, isso tudo é verdade. A irmã, eu, segurando o irmão, a mim, pelo quadril: isso é *verdade*. E o relativo se revela absoluto no olhar cansado, e a parte se revela como o todo.

E onde fica a visão?

Tenho uma imagem para esse "tudo em um": aquelas naturezas-mortas florais do século XVII, em geral holandesas; pousados sobre as flores, com todo realismo, um besouro aqui, um caracol aqui, uma abelha ali, uma borboleta ali — e embora possivelmente nenhum faça ideia da presença do outro, todos estão juntos no instante, no *meu* instante.

Você não pode tentar tornar isso visualizável sem recorrer a uma alusão ilustrada?

Então veja se você — já cansado o suficiente nesse meio-tempo, espero eu — vem se sentar comigo aqui no muro de pedra à beira da vereda ou — melhor ainda, pois mais perto do chão — se agachar aqui comigo no caminho, nesta faixa do meio coberta de capim. Como é que pode — com um repente, assim, neste brilho colorido —

o mapa-múndi daquele "tudo junto!" se dar a conhecer: bem perto desta mancha de terra estamos à distância certa e ao mesmo tempo vemos, junto com a taturana que se empina, o besouro com seus muitos membros e sua extensão de minhoca, longo como um verme, cavando na areia, e ambos junto com a formiga que caminha sobre a oliveira aos solavancos e, ao mesmo tempo, a fibra do córtex da árvore enrolada em forma de oito diante dos nossos olhos.

Relatos de imagem, não... Mas narrativa, isso sim!

Na poeira desta vereda andaluza, há alguns dias se deslocava, numa lentidão tão solene como só mesmo as estátuas de martírio e luto carregadas em andores pelas ruas daqui da Andaluzia durante a semana da Páscoa, a carcaça de uma toupeira, sob a qual — quando a virei — havia uma procissão de escaravelhos de brilho dourado; e antes disso, durante as semanas do inverno, numa vereda semelhante nos Pireneus, agachado como nós dois agora, eu vira a neve cair em flocos minimamente granulados que, ao alcançarem o solo, não se distinguiam em nada dos grãos claros de areia, derretendo e fazendo poças peculiares, manchas escuras, diferentes das formadas pelas gotas de chuva, bem mais espraiadas, irregulares em seu lento escoar pela terra; e ainda criança, nesta mesma distância do solo a que estamos agachados agora, eu caminhara com o avô à primeira luz da manhã, numa vereda como esta na Áustria, descalço, bem perto da terra, mas a uma distância sideral das crateras esparsas cavadas na poeira pelo choque das gotas de chuva do verão — esta a primeira imagem que sempre se deixa repetir.

Finalmente aparece uma escala humana nesses seus símiles da ação do cansaço, e não só a escala reduzida das coisas! Mas, afinal, por que sempre é você que aparece como o cansado, e sozinho?

É que os meus maiores cansaços me parecem ao mesmo tempo nossos. Em Dutovlje, no Carso, os homens idosos ali em pé no balcão: e eu tinha estado na guerra com eles; o cansaço esboça no outro, mesmo que eu não saiba nada dele, a sua história. — Esses dois ali, com o cabelo úmido penteado para trás, os rostos afilados, as unhas quebradiças, as camisas limpas, são camponeses, *labradores*, que lavoraram o dia todo no ermo e tiveram um longo caminho até aqui o bar da cidade, vindos a pé, ao contrário de todos os outros que estão em pé ali; bem como aquele, devorando a sua comida sozinho, e forasteiro aqui, foi enviado a Linares pela empresa da cidade onde mora, a fim de fazer o trabalho de montagem na fábrica da Land Rover, estando também longe de sua família; assim como o homem idoso na borda dos olivais — aos seus pés um cachorro pequeno, os cotovelos apoiados na bifurcação de um galho — está postado ali todos os dias, de luto pela sua esposa falecida. — Para o cansado ideal, "faz-se fantasia", só que uma fantasia diferente daquela dos que dormem na Bíblia ou na *Odisseia* e têm suas visões: sem visões: revelando o que é. — E agora, se eu não estiver cansado, pelo menos já estou atrevido o suficiente para narrar a minha fantasia do último estágio dos cansaços. Nesse estágio, o deus cansado se sentaria, cansado e desapoderado e, num repente ainda mais cansado que qualquer humano cansado, seria onipresente em seu cansaço e teria um olhar que — estivesse ele ciente do visto, onde quer que isso viesse a ocorrer no mundo — teria, sim, um poder.

Chega de estágios! Fale agora do cansaço que você tem em mente, seja como for, venha como vier, mesmo em desordem.

Obrigado! Uma desordem me vem a calhar agora, e vem ao encontro do meu problema. — Enfim: uma ode pindárica dedicada a um cansado, e não a um vencedor! As pessoas reunidas em Pentecostes, ao receberem o Espírito: eu as imagino cansadas, largadas nos bancos. A inspiração do cansaço diz menos sobre o que é para se fazer e mais sobre o que é para se deixar de fazer. Cansaço: o anjo que toca o dedo do rei durante o seu sonho, enquanto os outros reis continuam dormindo sem sonhar. Cansaço *saudável* — só ele já é o descanso. Um certo cansado como um outro Orfeu, em torno do qual os animais mais selvagens se aglomeram e juntos finalmente podem se entregar ao seu cansaço. Aos indivíduos dispersos, o cansaço indica o ritmo. Philip Marlowe, quando ainda detetive, ia se tornando cada vez melhor e mais engenhoso na solução de seus casos, quanto mais noites em claro se encadeassem. O cansado Odisseu conquistou o amor de Nausícaa. O cansaço rejuvenesce, tornando a pessoa jovem como nunca. O cansaço como o mais do menos-eu. Tudo se torna espantoso no seu sossego, no sossego do cansaço — que espantosa a resma de papel que o homem espantosamente vagaroso ali está carregando debaixo do braço ao longo da espantosa e silenciosa *Calle* Cervantes! A quintessência do cansaço: na noite de Páscoa, certa vez, os homens idosos do vilarejo deitaram de bruços na igreja ao lado do sepulcro, um manto vermelho de brocado no lugar da roupa azul de trabalho, a pele queimada de sol na nuca — dadas as tensões de uma vida inteira — fissurada em um padrão poligonal como a terra; a avó moribunda, em seu cansaço tranquilo, serenava a casa inteira e até mesmo a incorrigível ira do marido; e em todas as noites aqui em Linares, fiquei vendo como muitas criancinhas levadas ao bar iam ficando cansadas: nenhuma avidez mais, nenhum agarrar com as mãos, só um mero brincar. — E não é que, mesmo nessas imagens profundas do cansaço, ainda é necessário dizer que as separações continuam existindo?

Bem, não se pode negar que o seu problema tem algo de visível (mesmo que seja uma visão já conhecida, típica dos místicos). Mas como é que se podem gerar cansaços assim? Mantendo-se artificialmente acordado? Embarcando em voos intercontinentais? Marchas forçadas? Um trabalho de Hércules? Ensaiar a própria morte? Você tem alguma receita para a sua utopia? Inibidores de ânimo em forma de comprimido para toda a população? Ou como pó, adicionado à água potável das fontes do país dos incansáveis?

Não conheço nenhuma receita, nem sequer para mim mesmo. Só sei que: esses cansaços não se deixam planejar, não podem ser a meta de antemão. Sei também que eles nunca ocorrem sem motivo, mas sempre após alguma coisa árdua, na travessia, numa superação. — Agora vamos nos levantar e ir embora, para fora, para as ruas, para perto das pessoas, para ver, nesse meio-tempo, se algum pequeno cansaço conjunto nos acena e o que ele tem para nos contar hoje.

Então o verdadeiro estar cansado, assim como o verdadeiro indagar, prevê que a pessoa se levante e não que se sente? Ao contrário daquela senhora idosa, corcunda, no jardim da hospedaria, que — mais uma vez incitada pelo filho já grisalho, mas eternamente afobado — disse: "Ah, vamos ficar mais um pouco aqui sentados!"

Sim, vamos ficar sentados. Mas não aqui, no ermo, no rumor do eucalipto, a sós, mas sim na borda dos bulevares e das *avenidas*, como espectadores, talvez com uma jukebox ao alcance.

Em toda a Espanha não se encontra uma única jukebox.

Aqui em Linares existe uma, uma muito peculiar.

Conte.

Não, uma próxima vez, em um ensaio sobre a jukebox. Talvez.

Mas antes do nosso sair para a rua, mais uma imagem do cansaço, uma última!

Está bem. É ao mesmo tempo a minha última imagem da humanidade: conciliada em um cansaço cósmico nos últimos de seus últimos instantes.

Adendo:

Aquelas gaiolas de passarinhos colocadas na savana não estão lá para atrair as águias. Um homem, sentado nas imediações de um quadrado desses, respondeu à minha pergunta: ele as carregaria para o campo, para a paisagem de entulhos, para ficar ouvindo o seu *canto* à volta; os ramos de oliveira enfiados no chão ao lado das gaiolas não eram para atrair as águias do céu, mas sim para fazer cantar os pintassilgos.

Segundo adendo:

Ou será que os pintassilgos não ficam ali saltando só para a águia nas alturas? — que as pessoas, para variar, desejam ver em *voo cadente.*

Escrito em Linares, Andaluzia, março de 1989

Obras de Peter Handke editadas pela
Editora Estação Liberdade:

Don Juan (narrado por ele mesmo) (2007)

A perda da imagem ou Através da Sierra de Gredos (2009)

Ensaio sobre a jukebox (2019)

Ensaio sobre o louco por cogumelos (2019)

ESTE LIVRO FOI COMPOSTO EM SIMONCINI GARAMOND CORPO 11,6 POR 18
E IMPRESSO SOBRE PAPEL AVENA 90 g/m² NAS OFICINAS DA RETTEC ARTES
GRÁFICAS E EDITORA, SÃO PAULO — SP, EM OUTUBRO DE 2020